不是你離開我
是愛情離開了 我們

—劉 中薇—

U0018505

芬多精的愛之旅——寫給愛的旅人

愛情是一回又一回的出走，一趟又一趟的旅程。

每個天涯，每個海角，都有人因愛而雀躍，因愛而傷神。

我們持續在愛裡流浪，在愛裡摸索，在愛裡失落與迷惑。

然而，我們依舊在愛裡，一次又一次奮不顧身再度出發。

無怨無悔萬水千山走遍，無非是因為在心窩深處，有一個卑微卻堅定的期待，因為我們相信，有朝一日，該會有天堂的風輕輕吹送。

天堂是，一個沙漠的綠洲，一道雨後的彩虹，一座汪洋的小島；也可能是，一顆呢喃的星子，一片安靜的雪花，一朵飄飛的蒲公英；往往更是，一枚動人的微笑，一雙發光的眼睛，一場靈魂的照見。

旅人不就是因為片刻天堂的相遇，而讓這一趟旅程的辛苦跋涉都有了意義。

夏目漱石說：「旅行的時候，你只是一個平常人；之後，你卻是一個是詩人了。」

在愛情的旅程裡，記取相握時掌心的溫度，記取相伴時美好的時分，儘管最後奔赴不同的終點，但是從溫柔的眼裡望出去，同行那段路回憶起來都將是如詩的夢境，有著璀璨的光芒。

走吧！走吧！愛的旅人，上路吧！

走吧！走吧！提起行囊，放開步伐，穿梭在朝陽與暮色中，來去在春花與冬雪裡。

但願每一趟旅程都有愛。

愛，亦是每一趟旅程。

◎這些照片出自一位真摯的朋友，他帶著我的第一本書走訪天涯；於是愛，無所不在。

contents

014 汪洋無盡

016 不曉得

017 這一秒

019 甜祕密

020 假裝

022 真好

023 無言

024 舊了

026 嫉妒

029 那時候

030 緩慢

031 快樂

032 過得好嗎

034 想要

035 無心之過

036 背影

037 變了

038 飄浮

1. 緩慢愛著

愛你最辛苦的地方，
　　就是要努力不那麼愛你……

2.一朵花的飛行練習

「飛！」你說。就飛吧！

就這樣開始飛吧！

像一朵花，瓣瓣奔放，輕盈飄盪。

042 賞雪

043 晾

045 風

046 森林

048 一朵花的飛行練習

049 月球漫步

050 比永遠多一天　　053 仙人掌

051 沙與沫　　　　　055 愛情離開了我們

052 北極星　　　　　056 夏天了

　　　　　　　　　058 雲走了

　　　　　　　　　059 閃電

　　　　　　　　　060 避暑

　　　　　　　　　061 陰晴不定

　　　　　　　　　062 換季

066 列車

067 冰塊

069 收聽心事

070 圖畫

072 出航

073 飄過你窗前的我的嘆息

074 捉迷藏

076 覓蝶

078 提燈籠

079 菸

080 熄火

083 愛情癌

084 紙條

3. 飄過你窗前的我的嘆息

一聲嘆息，悠緩飄過你的窗前。

比朝陽輕一點，比新月淡一點。

比晨霧薄一點，比雲絮柔一點。

088 解凍

089 蕭瑟

090 天使飛過

092 期待

094 時差

095 今夜

096 逃

098 謊言　　　　103 懶

100 一點點　　　104 離人節

101 聽　　　　　106 睡吧

　　　　　　　　107 時候到了

　　　　　　　　108 失去

　　　　　　　　110 離家出走

　　　　　　　　111 這樣也好

4. 天亮以後

因為我知道，

天亮以後，就會是另一個世界。

5.心底的聲音

我清楚聽見了，聽見了它說，

對了，就是你了，

這一次，一定不會再錯了。

114 墜落　　　　124 遲到

115 和好如初　　126 無法

116 幫忙　　　　127 心底的聲音

118 奇遇　　　　129 過時

120 糟糕　　　　130 魔法

121 終點　　　　132 緣分

123 免掙扎　　　133 不能

　　　　　　　　135 告別

136 【後記】天使送來的，世界上唯一僅有的一朵花

1 緩慢愛著

愛你最辛苦的地方，

就是要努力不那麼愛你……

汪 洋 無 盡

我望見你渡海而來，
努力地想要游過這一片傷心海域，
回到我們原初錦繡豐美的大地。
那時啊，
草原上有不知名的花朵輕綻，有彩蝶穿梭輕舞。
如你記憶中一般淨美的那樣——
優雅的微風。晶透的露珠。遠方的彩虹。
風箏在寬廣的晴空裡翩然飛翔。
瞧，我們多麼恣意縱容的愛與歡愉呢。
然而如今，你在海洋彼岸，
橫阻著一滴一滴由我的淚水蘊生而成的汪洋。
我望見了，你欲渡海而來，
那麼耗盡氣力地，欲渡海而來。
我在這裡，安靜且哀傷，
期待你來，卻明白那是無止境的等待。
愛人啊，淚水沒有流盡之前，海水沒有乾枯之前，
你如何能夠，渡海而來？

✉ 戀_的_簡_訊_ 📶 🔋

在愛的練習場裡，起
飛很容易，但降落很
難。有誰願意來教我
安然落地？

不 曉 得

風不曉得我已經不熱了，依然往我臉上大力吹拂。吹著
吹著，原本燥熱的體溫，現在覺得冰涼而寒冷。我的雙
腳不曉得我已經不行了，還是一步一步在大街上執意走
著。走著走著，原本輕快的步伐，現在覺得痠痛而沈
重。眼淚不曉得我的心裡已經不難過了，還是不停不停
地流下。流著流著，原本清亮的雙眼，現在覺得腫脹而
迷濛。搞不清楚狀況啊，怎麼盡是一些搞不清楚狀況的
事情在發生啊。連你也一樣，不曉得我已經不生氣你
了，依然轉身就走，讓我原本安然的心境，現在變得凌
亂而不寧。

這 一 秒

在街上閒晃一下午，我雙腿發痠，

於是你陪著我在路旁長椅上歇息。

遠處攤販吆喝賣著車輪餅，

你說現在就要為我買一個。

你穿過馬路，在攤子前等候，

偶爾抬頭看看我，扮個鬼臉，跟我揮揮手。

我坐在馬路這一邊，回報你粲然一笑。

路上車輛川流不息，我的目光裡只有遠遠小小的你。

這一秒，我要牢記這一秒。

這一秒你願意這樣為我，這一秒你樂意這樣對我。

也許只有這一秒了，也許沒有下一秒了，

下一秒的愛戀也許就不那麼純粹與甘願了。

所以我要牢記這一秒的你的容顏，

用你這一秒的純美去釋懷將來你可能帶給我悲傷的分分秒秒。

你將車輪餅小心翼翼揣在胸懷，

捧上熱騰騰的奶油口味到我面前，

我開心咬下第一口，咀嚼這一秒的甜美滋味。

甜祕密

偷偷藏著一個祕密的日子最是難熬。

對任何無心的詢問感到一陣驚慌。

無論做什麼事情都提不起勁。

沒來由地就覺得心頭悶悶脹脹，

時而唉唉嘆息，時而癡癡傻笑。

連續幾個夜晚翻來覆去，睡不好，

眼睛腫腫泡泡，走路輕輕飄飄。

今晨醒來，窗外春光明媚，

薄紗簾幔隨風翻飛，

忽然心頭一驚，以為窗外出現思念的身影。

哎呀呀，眼花了，

窗裡窗外只有我一位，

少個伴來相依偎，

我只有自個兒玩味這甜祕密的滋味。

假　裝

天空落下大把的眼淚，我假裝它是喜極而泣，開心得不知怎麼辦才好。

院裡的山茶在嚴冬枯萎，我假裝它鬆了一口氣，好不容易卸下盛裝的煎熬。

明明點冰咖啡，端來的卻是可樂一杯，我假裝那是一種名為可樂的咖啡豆特調而成的飲料。

面對孤獨靜默的長夜，我假裝無聲更勝有聲，我終於聆聽到大地最動聽的天籟。

搭捷運進辦公室，我假裝轟隆隆的車廂是一列雲霄飛車，既然玩夠了，就該乖乖去上班。

郵筒裡塞滿廣告信件，我假裝充滿誘惑字眼的訊息，是一封封從天涯海角寄來的想念。

你說現在就要遠行，我假裝你去環遊世界，地球是圓的，繞了一圈，你的終點還是我身邊。

要是一切假裝不成，那我假裝什麼也沒有發生，不過是一場幻想體驗。

✉ 戀 _ 的 _ 簡 _ 訊 _ 📶 🔋

我將會愛你，比永恆
多一日，比永遠多一
天。

真 好

用力甩開你的手，

從你身邊決然跑開的那個午後，

天空驟然下起了大雨。

路上行人紛紛躲避到屋簷下，無計可施。

忘了帶傘，我也只能默默地在街頭佇立。

一個女孩從遠處跑來，

撐著傘，卻還是被雨打濕了衣裳，

如今愁眉地並肩在我身旁。

「這雨，下得可真大。」她說。

「是啊。」這雨下得可真大，

我從來沒有看過天空崩潰成這個樣子。

我想，它一定是醞釀了很久很久，累積了很多很多，

一直憋著、蓄著，直到最後最後，

終於受不了，才會一瞬間爆發成這副駭人的模樣。

天空原來有這麼多委屈呢，

平常毛毛小雨的時候怎麼沒留意到呢？

原來我有這麼多壓抑呢，

平常一點點情緒的時候，你怎麼不願在意呢？

約莫半個小時後，雨勢漸趨平緩。

那女孩開懷地笑著說：「雨停了，真好。」

天空不哭了，就表示不傷心了嗎？

如果是這樣，那，真好。

無言

就坐在這台電腦前，

我反覆寄給你一封一封 E-mail。

無意識地連續建立新郵件，

機械式地輸入你的 address，

按下 send 鍵，一封又一封將它遞送出去。

沒有主旨、沒有附件。

沒有一句話、一行字、一個標點符號。

這一封信乾淨空白，下一封信空白乾淨。

就這樣一封接著一封，

不知寄了多少封，

直到電腦那一頭的你，

回了一封信：「一個字也沒有，是不是寄錯了？」

沒有寄錯，我的心情都在上面。

請你一封一封仔細閱讀。

我要說的，是無言。

舊 了

回憶已經很舊了，
像童年巷子底殘破的那座廢墟，
僅剩荒煙蔓草，和一堵牆。
那牆，潮濕、斑駁，
青苔恣意蔓延成詭異的形狀，頹圮而蒼老。
一次匆忙經過，手肘不小心輕碰了那牆，
窸窸窣窣落下一地灰屑。
已經不堪使用了啊，還淒涼無助地存在著。
舊了的回憶，也不堪使用了啊。
不敢太常想起，
怕有一天，你，就窸窸窣窣地剝落了。
無從翻修，無力摧毀，
只有任它如那牆一樣，淒涼無助地存在著。

嫉妒

我只是隨意晃晃，又晃到了你家附近。

十二點的深夜，我抬頭仰望你住的大廈。

有人燈亮，有人燈熄；

有人清醒，有人沈睡。

沒有人看見我的嫉妒。

我嫉妒住你樓上的大嬸，

她在等垃圾車的時候可以和你招呼、寒暄。

我嫉妒住你樓下的大學女生，

她在上下學的時候，可以和你搭同一部電梯進出。

我嫉妒住你隔壁的小女孩，

她在中庭玩耍的時候，可以為你摘一朵芬芳的小花。

我嫉妒住你對門那戶人家的沙皮狗，

牠在外出溜達的時候，可以和你一起散步。

啊，我嫉妒。

我嫉妒吹過你大廈的風，我嫉妒流動在你身邊的空氣，

我嫉妒閃耀在你頭頂上的星光，

他們和你多麼多麼親近。

只有我，只有我，

無論怎麼刻意經過，永遠換不到一個擦肩而過。

戀_的_簡_訊_

子夜十二點，我奮
力爬上天台，在月
光下起舞，默唸你
的名字九萬九千九
百九十九遍。

那 時 候

那時候我們唱著陳昇、伍佰的歌。

我是盛開的花朵，綻放你整片天空。

你從遙遠的地方來看我，

再不要讓我孤單。

那時候的情歌，我到這時候還細細聆聽。

一個人聽情歌，說實在有一點點黯淡。

黯淡的時候還要去體認，

我再不是綻放你整片天空的唯一花朵，

有一點點哀憐。

哀憐的時候會忍不住猜想，

這時候的你和誰一起聽誰的情歌，

突然就有一點點傷感。

傷感的是，原來那時和這時，都只不過是一時間。

有那時候。

有這時候。

沒有，永遠的時候。

緩 慢

不是所有全力衝刺的，

都要從一個地點到達另一個地點。

你難道不知道嗎？

愛你最辛苦的地方，就是要努力不那麼愛你。

我要使盡了全力，才能維持在愛你的原地。

我是這樣拚了命地，上氣不接下氣地，

超越了體能極限那樣地奮力，

終於得以安慰地看見我停留在原地。

這樣你了解緩慢其實是另一種極速的意思嗎？

你看見的減速慢行，是我全速前進的狀態。

你以為的我的緩慢，是我風馳電掣下微弱的脈搏。

快 樂

後來我們就不太快樂了，

不太快樂的我們還是繼續勉強在一起。

一直到有一天有一個人，

終於覺得也許分開來會快樂一點，

所以痛痛快快地決定分離。

分離之後就快樂一點了嗎？

剛開始，我的快樂來自於逃脫了我們後來不快樂的日子；我的不快樂來自於發現你不在身邊，我其實很難快樂到哪裡去。

到現在，我的快樂來自於回憶我們以前曾有的快樂；我的不快樂來自於發現你離開我之後竟然比較快樂，這樣的驚覺，讓現在已經很不快樂的我，又更不快樂了一點。

過得好嗎

接到你打來的電話,

你問我:「過得好嗎?」

我沒有回答,

反而問了:「那你呢?你過得好不好?」

你同樣沒有回應。

電話兩頭一陣靜默,

再開口談的是城裡迷濛的月光和曾經常駐的咖啡館。

我想,我們都過得不好。

因為過得不好,才會一直想起以為很好的從前,

才會一直憶起以為很好的你或我。

只是現在不好的你和不好的我,

加在一起也不會更好了。

你曉得的,以為很好的從前,只是寂寞襲來的幻覺;

以為很好的你或我,

只要再靠近,就會聯手摧毀這幻覺,

再度直揭我們都不好的真相。

✉ 戀 _ 的 _ 簡 _ 訊 _ 📶 🔋

什麼都變了。
變得最少的是你曾經
愛過我的這個事實。
變得最多的是你不願
意承認曾經愛過我的
這個事實。

想 要

想要你這樣快樂著。

像是海豚在碧藍海洋裡盡情地跳躍著。

小狗在綠油油的草原上放肆地打滾著。

河馬大口大口吞下水草愉快地咀嚼著。

北極熊在皚皚雪地裡跟著雪花一起手舞足蹈著。

小孩兒進入遊樂園那樣瘋了一般地狂笑著。

就想要你這樣快樂著。

想要記取你在酷熱夏天暢飲一口冰涼啤酒時,

臉上動人的光澤。

即使你這樣快樂著,我必須悲傷著。

我也會為你付出我的傷悲,毫不吝嗇。

無 心 之 過

朋友對我說：「妳曾經用多久時間愛一個人，就要用多久時間去癒合傷痛。」

我的心裡陡然一驚，

這可怎麼辦才好，從開始到分離，

從分離到如今，我愛你從來沒有停息過，

那麼，哪裡還有時間去癒合傷痛？

假如未來的一百年，我都篤定要這樣繼續下去了，

那麼，傷痛的癒合不就要拖到一百年後了嗎？

想到這裡，我已經對下輩子的我，感到無比歉疚。

不好意思了啊，

我的任性害苦了妳，

妳一出生就揪著心痛，必定特別嚎啕大哭吧，

我的無心之過，讓妳無辜受委屈，

真是辛苦妳了！

背 影

嘿，親愛的，可以請問你一個問題嗎？

你知道你的背影是什麼模樣的嗎？

是落寞的呢？是寂寥的呢？

是歡笑的時候整個臂膀會微微抖動著的呢？

還是憂鬱的時候肩胛會自然地下垂的呢？

嗯，你陷入深思了。

我們總是看不見自己的背影，

所以一直以來作為你的背影的我注定了不被你看見。

我是悲傷的呢？憂愁的呢？

是在身後靜靜地流著淚的呢？

還是無力地垂著頭幽幽嘆息著的呢？

我多麼想讓你知道，我是什麼模樣。

只可惜即使有一天你終於願意轉過身、回過頭，

卻依然無法看清全部的我，

這是身為你的背影的我，深深、深深的悲哀。

變了

「你變了。」我說。

「哪裡變了？」你問。

「你知道的。」我說。

「……」你沈默。

什麼都變了。

變得最少的是你曾經愛過我的這個事實。

變得最多的是你不願意承認曾經愛過我的這個事實。

只變了一點點的是我對你全然的信任。

全部都變了的是你曾經讓我全然的信任。

你有沒有什麼不變的呢？

那得等我變得和你一樣高明，我才能回答你。

飄 浮

站在陽明山的山腰上，

遙望山下一片靜麗的熒熒光點。

你說，天上星光燦爛，地上萬家燈火輝煌，

站立著看，我們分得清天上與地上，

但如果倒立著看呢？

還分得清哪裡是星光、哪裡是燈光嗎？

你說，現在的我們站在天上與地上的中間點，

離天空有一點遙遠，離地面有一點距離。

搆不著天、踏不著地，

有一種很虛幻地飄浮的感覺。

我說，星光只在黑暗閃耀，燈火只在夜晚迷離，

幸好有白晝，你的困惑天亮就消失。

我說，我離天空還很遠，離地面還很長，

天上和地上無法相連，

我懸盪在你的世界無法降落，

是一種很飄浮地虛幻的感覺。

✉ 戀 _ 的 _ 簡 _ 訊 _ 📶 🔋

當我對這個世界無言
的時候，我所期盼
的，不過是你，在夜
晚第一盞燈亮起的時
候，在蜿蜒長巷的盡
頭，等我。

...2
一朵花的
飛行練習

「飛！」你說。

就飛吧！

就這樣開始飛吧！

像一朵花，瓣瓣奔放，輕盈飄盪。

賞雪

早晨睡醒的時候發現外面已經佈滿積雪一片。

是什麼時候發生的事情呢？

我揉揉惺忪雙眼，想不出個所以然。

是半夜開始飄起雪的嗎？

還是清晨的時候才靜靜落下的呢？

那雪花，徐徐緩緩、悠悠然然，

精緻而優雅地，將我門前窗邊鋪灑成一片銀白。

我試著推門出去，卻顯得窒礙難行。

我只有癡癡在這裡望著，然後忍不住笑了出來。

哎，思念你怎麼會這麼深呢？

就像這冬日的白雪，

不知不覺孕育堆積，無力剷除，始終不消融。

放棄了，我準備沏壺茶，坐到窗邊，賞雪吧！

晾

怎麼還待在這裡呢？

作為一件被遺忘的衣裳，晾在這裡已經數個晨昏。

風雨來了，一下子我就被淋得濕透；

陽光亮起，濕透的我又再度被曬乾。

曾經我望眼欲穿，想著粗心的你很快就會記起我來。

如此反反覆覆一日又一日，我開始學著吹口哨，欣賞滿天流
雲的歡情。

如今我決定了，等下一陣風吹來的時候，我將掙脫衣架，釋
放自己，隨風飄向天空最最深處。

當你終於慌慌張張想起我的時候，我已經悠悠哉哉飛翔在無
邊無際的藍天，乘風躍躍奔逐。

風

夜半四點不成眠的夜，

在窗前眺望稀疏的孤燈點點。

我把窗戶「嘩」一聲打開，

風從窗口踉蹌跌進來，哎哎叫疼。

還沒有開口允諾，風已經決定停留。

空盪盪的房子，靜悄悄的寂寞，

對突來的造訪不知所措。

一屋子的冷風熱烈簇擁著我，

搖晃我的肩膀、撩撥我的髮。

打響了風鈴、弄翻了茶杯，

順便把書桌上你的照片你的信胡亂翻動，滿地旋飛。

我想要出聲制止，卻只是怔怔地看著。

花了太多氣力在出神凝望，

以至於我連關窗的力氣也沒有。

只好讓風在這裡，

輕拍我的面頰、冰凍我的淚。

森 林

你說：「我的心是一座森林，懂我的人會在月光下遇見精靈。」

擇一個星子繁碩的夜，我往森林深處邁進。

花兒低頭沈睡，樹影婆娑迷魅，

蓊鬱山林靜謐深邃。

泛著藍光的河流，彎彎溜過幽谷邊境。

我隻身前行，尋找一個答案，

只有貓頭鷹瞪大骨碌碌的雙眼在樹梢沈默以對。

月光靜靜曬乾我的汗水，

野風輕輕撫平我的心跳。

山霧迷離的夜裡，

我穿越重重森林，始終沒有發現精靈的蹤影。

到最後，星月一沈，晨光末明，月光稀釋消失前，

我頹然跌坐在森林盡頭，捉不住一絲光亮停留。

✉ **戀_的_簡_訊_** ▂▄▆ ▭

現在相識很好。

這一刻是好的，

這樣就好了。

一朵花的飛行練習

你來的時候，開始教會我飛翔。

一、二，踮起腳尖。

三、四，閉上眼睛。

五、六，伸開雙臂。

七……，「噓！」你在我耳畔柔聲輕抑。

你，雙手打開整片天空，展現無比蔚藍在我眼前。

環繞我的腰際，撫平我的顫抖心跳，滑開我的纖纖羽翼。

「飛！」你說。

就飛吧！

就這樣開始飛吧！

像一朵花，瓣瓣奔放，輕盈飄盪。

陽光亮亮，長空透明澄淨，我在雲上忍不住開懷歡唱。

忽然你說，天空關閉，飛行練習到此結束。

我怔怔看著你的背影，翅膀瞬間緩滯停歇。

在愛的練習場裡，起飛很容易，但降落很難。

有誰願意來教我安然落地？

連哭泣都來不及，有一朵花翻飛飄逝，隱沒在無邊的空寂。

月 球 漫 步

我正在月球表面漫步，第三百八十圈。

輕飄的身子、失重的步伐和完全放慢的速度。

宇宙裡廣布細小微粒，

據說是星球擦撞引爆的遺骸。

銀河裡綴滿璀璨星辰，

那是我來不及欣賞的光彩斑斕。

偶爾有光亮的隕石從我頭上劃過，我沒有空說一聲嗨。

我只是在漫步，一圈又一圈，一遍又一遍。

難免有些汗水揮灑，

晶瑩透明，清澄瀲灩。

你以為我在哭，其實我在笑。

只是距離太遠了，

三萬光年外的我，笑容還來不及飄到你眼前，

就已經散逸在微微點點的星塵裡，

茫茫渺渺。

比永遠多一天

踏著千古的步伐，我自洪荒而來。

芒煙在廣闊漠地裡蒸騰，烈陽在乾涸溪谷裡放肆，大地是灰黑色的裸岩橫陳。

亂石與水潭，惡地與壁崖，火紅的天幕說不出的寂寥。

無垠蒼穹下，我隻身徒手為你開天闢地。

穿越萬古長夜，跨離窮山惡水，從宇宙的蠻荒邊境終於來到你面前。

這不是一則消失的傳說，而將是一則流傳的神話。

親愛的，我將會愛你，比永恆多一日，比永遠多一天。

沙 與 沫

請你不要錯過我。

如果你直覺我是對的人，那麼請你不要錯過我。

你知道，

宇宙無垠寬廣，人海茫茫渺渺。

像是宇宙裡的一粒沙的你，竟然遇見了宇宙裡另一粒沙的我。

為什麼還要相互蹉跎。

能不能試著，像海岸邊浪潮與沙礫的相遇，

任潮來潮往，雪白的浪沫注定隱沒在沙灘，難分難捨。

能不能就這樣，像沙與沫永恆的契合。

請你不要錯過我。

這句話我不會在你面前說。

如果你與我是沙與沫，

那麼我們當永遠不會錯過。

北極星

北極星在天邊閃耀，

朝這個方向走，一定錯不了。

於是我們抬頭仰望星光，

相互扶持著邁開步伐。

前方，就在前方了，

只要繼續走下去，

就能夠步入星光大道，就能夠赤足感受幸福的淨土。

然而我們終究累了。

長途漫漫沒有止境，爭執不斷沒有休止。

北極星的光芒明亮依舊，

我們卻開始懷疑星光的真實性。

原來朝北極星出發的，最後不是要登陸北極星。

那是一個虛幻的指引，

我們跋涉了那麼遙遠的路途，

只是證明了北極星的遙不可及。

到底有誰能夠真實踏上北極星呢？

至少不是你我。

仙 人 掌

仙人掌生長得很緩慢。

仙人掌不需要勤於灌溉。

仙人掌常常在你驀然回首的時候給你依然固守的安慰。

於是你在橫渡沙漠的旅程中,將我帶回。

我生長得很緩慢,三天、五天一成不變,你覺得沒有驚喜。

我不需要勤於灌溉,兩個月一滴水就能打發,

於是你漸漸遺忘。

我總是在原地固守,你還是忘了驀然回首。

仙人掌只有萎縮枯乏,因為最後一滴淚水也蒸發殆盡,乾涸
得無以為繼。

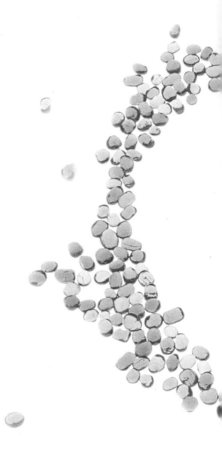

愛情離開了我們

雲朵悄悄離開的時候，天空並不知道。

潮水悄悄離開的時候，沙灘並不知道。

月光悄悄離開的時候，黑夜並不知道。

愛情悄悄離開的時候，我們並不知道。

還當是什麼地方出了錯，才讓一切變得沈默。

你說，你並沒有離開。

是的，我知道。

不是你離開我，只是愛情離開了我們。

夏 天 了

我披上厚重的大衣出門，順便戴上圍巾和手套。

一路穿越陽光明亮的街頭，去赴老朋友的約。

總覺得哪裡不對勁，可是一時間想不出來。

「妳……，」朋友驚訝地望著我，「竟然穿著冬天的衣服？」

喔，已經夏天了嗎？

為什麼沒有人提醒我呢？

你把我擺在寒冷的冬天太久了，

害我感覺神經都麻木了。

我的屋子裡，暖爐還烘著，棉被也還沒收起來。

喔，原來已經是夏天了。

怪不得近日天亮得早，

夜裡放在桌上的冰酒一下就走味。

雖然察覺得有點晚，

不過我得開始收拾收拾，準備一下夏天的心情了。

✉ 戀_的_簡_訊_ 📶▮

親愛的，狂風暴雨都
將過去了。為著你這
張動人的、安眠的臉
龐，我承諾你，一切
都將過去了。

雲走了

我坐在人行道的長椅上，
思索一些暫時沒有答案的問題。
一朵白雲緩緩飄下，
輕落在我旁邊的空位，安靜且沈默。
這天城市依然喧譁，
路上行人匆匆，車子也飛快疾駛。
午後有點悶熱，
座椅旁的行道樹曬昏了頭，在塵囂裡垂頭喪氣。
沒有人發現我，和我身旁的雲。
你也沒有發現我，坐在這裡，仰望有你的高樓。
後來，一陣急促的喇叭聲驚動了雲，
那雲就悠悠忽忽地飄走了。
沒有雲陪伴，接下來不知道該做些什麼好，
我抬頭看見晚霞在你大樓的後方正繽紛，
或許該是我回家的時候了。

閃 電

那個夜晚，天空劃過一道又一道閃電。

每一次我驚呼：「快看，有閃電。」

但是朋友回頭，閃電倏忽消失，天空陷入一片漆黑。

朋友帶著狐疑的眼光望著我：「真的嗎？怎麼我都沒看見？」

我亟欲解釋，卻無法舉證。

於是在連續看到九個閃電後，我感到前所未有的孤獨。

像是陳述了一個事實，但全世界都認為那是謊言。

總是這樣和別人認知的不一樣。

像是我認為你是愛我的，

全世界都知道那是謊言，只有我以為那是事實。

避 暑

不論我身處何方，

你熾熱的眼神如驕陽、如烈日，如影隨形、緊跟不放。

火傘高張下，

我的雙頰緋紅、頭暈目眩。

這真是難熬的時節，

紫外線指數持續居高不下，

防曬係數十五的隔離霜，不知道能不能抵擋。

高溫難耐、酷暑逼人，

我要戴上一頂遮陽帽，以免曬傷了柔嫩的臉頰。

順便找出我的蒲葉扇，搧去周圍的熱空氣。

很抱歉了，不對的人，

我已經套上輕便的球鞋，準備瀟灑跑過你的身邊，

直奔天寬地闊的碧綠草原，

讓自由的風吹拂我的長髮，讓燠暑清涼一下。

陰晴不定

準備和你外出野遊的早晨，

我一邊觀看天氣，一邊整理行囊。

雖然只在附近小山隨意走走，

但是萬全準備還是必要。

天空陰陰沈沈，真擔心待會兒就要落下雨來。

如果沒下雨，我要穿Ｔ恤＋牛仔褲＋球鞋。

如果會下雨，就帶一套Ｔ恤＋短褲＋涼鞋。

如果出大太陽，防曬霜、遮陽草帽絕不可少。

如果烏雲密布，雨傘和雨衣都準備以防萬一。

可是如果出大太陽，但又飄著小雨呢？

嗯……那可能得要戴著遮陽草帽、撐著雨傘。

你一身輕便來到我家門口，

見我大包小包像要離家出走，

開始幫我一一卸貨。

都是天氣陰晴不定，才讓我游移不定，

我決定聽從你的決定，停止這種猶豫行徑。

換 季

走在換季的流行街頭，
茫然地想要尋找一件衣櫥裡永遠缺少的衣服。
逛過一間又一間商店，在試衣間裡來來去去，
努力思索衣櫥裡缺少的那一件，
該是什麼樣款式的衣裳。
在人潮裡流連踏步，
望著華美的櫥窗，渴望自己也有一點點，
一點點就好，美麗的心情。
然而我走痠了雙腿，仍然一無所獲，
滿身疲憊地準備離開繁華鬧區。
卻在此時聽見身後高聳龐然的 shopping mall，
迸發著五光十色的霓虹燈，
聲勢壯闊卻哀傷地喃喃對我說：「憂鬱新裝上市，寂寞永遠
不褪流行。」
我拉緊了孤單的外套，
難過地在這一刻承認了，你，已是夏日過季的商品。

✉ 戀_的_簡_訊_ 📶 🔋

我懂，這和你愛不愛
我沒有關係，
只是時候到了。
我們的時候，到了。

...3
飄過你窗前
的我的嘆息

一聲嘆息，悠緩飄過你的窗前。

比朝陽輕一點，比新月淡一點。

比晨霧薄一點，比雲絮柔一點。

列 車

佇立在月台上，我一個人孤伶伶地等車。

此刻月台格外清冷，

昏暗的吊燈、老舊的欄杆、寒風低拂的碎語。

我不知道我的列車什麼時候進站。

我不清楚哪一輛列車才可以帶我到達終點。

我很疑惑列車上有誰願意和我肩頭相倚、牽手相望。

而我站在月台上，看見你在這一輛列車，

靠窗的座位邊，對我綻開迷人的微笑。

於是我緊握著行李的雙手，忍不住開始顫抖。

你將會下車，來到我的月台，和我認識而後自行離去？

或者，你將下車，

來到我的月台，

和我認識而後攜著我離去？

我不怕等待。

等車，只是一個過程，

結果，是要搭上一輛列車。

隨身的行李、純美的詩集，我都已經備妥。

邀請我上車吧！

我希望坐在你旁邊的座位，搭上有你的列車。

冰 塊

一塊冰和另一塊冰相遇的時候，

並不知道對方有什麼不同。

冰塊望著冰塊同樣清澈晶透的身形，

天真地以為彼此當然是同一族類。

但事實上並不是這樣的，

在冰塊沒有融化成水以前，

兩塊冰塊是無法相連成一片的。

冰塊你堅持著你的冰點，冰塊我也固守著我的原形。

即使你看著我覺得熟悉，

我望著你也不覺得陌生，

我們卻還是不折不扣不相干的兩塊冰塊。

遲遲不肯融化的你和我，

無論如何是無法匯通的。

這麼倔強的我們，永遠也不能交融成水了，是不是呢？

收 聽 心 事

你要消失的前幾天，

我的收音機開始出現電波異常的現象。

常常在深夜忽然傳來雜訊，之後出現你的聲音。

「唉……妳真的不懂嗎？」

這是第一次傳來你的聲音的第一句話。

我馬上可以辨認，那是你──渾厚低沈，略帶憂愁，

連嘆息的長度都一模一樣。

你斷斷續續說過：「已經無法交集了啊，像是有層薄膜一般地

相處，我不願意啊。」、「該怎麼說呢？」、「唉……」

最多的是嘆息。

原來你沈默的眼底隱藏這麼多話，

為什麼不當面告訴我呢？

可惜心事收音機不接受叩應，我沒有機會發問。

過了一陣子，可以聽見你心事的收音機壞掉了，

或者該說是變好了，

因為收音機本來就是無法收聽心事的。

就像你消失了，也許才是正常的；

是天空出現異象，

才會把你不小心掉落在我的世界裡的。

圖 畫

折騰了這麼久，
終於有一天，你拿著彩筆，
在我面前揮灑出一幅幸福圖畫。
有山泉、花草，以及一棟泛著木質香味的可愛小屋，
還有夜晚可以觀看星星的清麗庭院。
然後你沾了顏料，點畫兩個小小人，
就倚在木屋的門旁，安適地相靠依偎。
那不就是我和你嗎？
原來我就要幸福快樂了，
就要住在幸福的小屋裡，快樂地生活著了。
你說，這不是妳一直想要的嗎？
是啊，這不是我一直想要的嗎？
然而我卻只是嗚咽著，抽搐著，淚流淚流著。
因為我的心早已經走出畫裡的小木屋，
用不可思議的速度離去了。
我不在你的圖畫裡面，請用橡皮擦把我抹掉好嗎？

✉ 戀_的_簡_訊_ 📶 ▭

我將眼角的淚拭去，
不是為了要深深遺
忘，而是為了，從今
以後我將深深記得。

出 航

天空是一片蔚藍汪洋，我乘著船往你的海域航行。

陰沈烏雲飄過，海上掀起大浪。

風雨急促而暴烈，橫阻在前方雷聲隆隆。

真不是出航的好天氣，但我任性地執意前進。

沒有人祝福我一帆風順，

我獨力在搖晃得厲害的船裡奮力揚起一道風帆。

我渾身濕透，筋疲力竭，

但沒有什麼可以阻擋我的，

我已經出航，不打算回頭。

這裡就是你的海域，

儘管波濤洶湧，儘管風狂雨暴，

儘管陰霾散去遙遙無期。

我要拋下船錨，我要駐守這裡，

我要執著不已，直到你的天空豁然雨停。

飄過你窗前的我的嘆息

一聲嘆息，悠緩飄過你的窗前。

比朝陽輕一點，比新月淡一點。

比晨霧薄一點，比雲絮柔一點。

似有若無的朦朧，是蒸發過後的眼淚，我想你不會發現。

我曾經是一個珍貴的祕密，如今只剩一個微弱的嘆息。

曾經那麼濃重的，如今這麼輕忽。

千古的哀愁，最後也只能這樣，一瞬一時地飄過。

假若有天你呼吸窗前的空氣，忽然覺得酸楚，不要以為是深夜的霧氣刺激你的鼻息，那不是別的，只是一絲我的嘆息，飄過你窗前的我的嘆息。

捉迷藏

遊戲就這樣開始了。

我藏匿在我看得見你，你卻看不見我的地方。

你是鬼，我不想被鬼捉到。

但鬼又是你，我期待被你找到。

我懷著十分弔詭的心情，

既等待你來找我，又害怕你捉到我。

好幾回依稀聽見你細碎的腳步聲離我很近，

我禁不住探頭，偷偷打量著你的行蹤。

你總是差一點點、一些些，但就是沒有發現我。

於是你洩氣了，你說：「妳太難捉摸，我決定棄權。」

因為藏得太好，結果變得太錯。

低著頭從藏身處走出來，接受你宣布遊戲結束。

我錯估了你該找得到我的能力，

如今天色已晚、天色已晚，

我們玩了一場迷藏，玩完了一場謎・藏。

覓蝶

陪你在綠意蔥蘢的山林裡尋走。

你說再往前一點，就會看到滿山谷的蝴蝶飛舞。

天空開始飄起山雨，迷迷濛濛如畫似霧。

我們小心翼翼踩著落葉枯木，步伐不甚伶俐。

跋涉許久，來到你說的蝴蝶谷，

卻不見彩蝶影蹤，只有稀落的幾隻蜻蜓盤旋。

你有點失望，拉著我坐在溪邊，靜聽山澗裡淙淙而逝的流水聲。

我試著安慰你：「有些時候我們知道想要尋找些什麼，可是卻總是找不到。」

你望著遠方輕飄的山嵐，像是自言自語又像是對我說：「有些時候我們並不知道想要尋找些什麼，可是卻一直在尋找。」

走出山林之前，我們沒有再對話，

那天，我們格外沈默。

戀_的_簡_訊_📶🔋

對於你，從來沒有
失去。
從來不曾，從來不
會。

提 燈 籠

元宵已經過了，可是你說：「我們去提燈籠吧！」

把紅色蠟燭黏在飲料盒的底部，

上頭穿過鐵絲，纏上竹筷，

兩個燈籠倏忽完成。

彎過一個又一個街角，

往平日陌生的小巷弄探險去，

燭火在黑夜裡悠悠晃晃，「好像回到小時候。」我說。

「如果我們童年就認識，不知道會怎樣？」你突然問我。

如果我們童年就認識，

可能你不會留意到角落裡瘦弱膽怯的我。

可能你是頑皮的孩子，拔我兩根頭髮，讓我恨得牙癢癢。

可能你會搬家、我會轉學，

從此兩不相干、音訊渺茫。

現在相識很好。

這一刻是好的，這樣就好了。

經過高樓，颳起一陣風，把我的燈籠吹熄了。

看，來得不是時候的風，陡然引起一陣失落。

菸

我沒有抽菸的習慣，

總是看著你站在陽台那方空間捻起煙霧繚繞。

有時你會刻意吹出甜甜圈一般的煙圈，

一圈一圈往夜空飄去。

有時你會回過頭來，對著客廳這邊的我欣然一笑。

大多數時候，你沈默，無言，

像是失神又像是沈思，

我在這一頭難以猜測。

後來，你凝神的時間越來越長，菸越抽越兇。

煙霧瀰漫在你四周，千絲萬縷將你緊緊裹住。

白霧蒼蒼、熏煙裊裊，

我企圖撥開迷霧向你走去，

但終究我淹沒在你的菸裡，

慢慢了解有些事情無法煙消雲散。

熄 火

坐在車子裡，車外大雨隆隆，車裡大火熊熊。

「妳就是不會記得帶傘嗎？」

你微慍地問著，車速有點快。

「我不是不記得⋯⋯」

「這個夏天妳已經弄丟幾把傘了？」

口氣不太好，轉彎轉得急。

「我沒算過⋯⋯」

「所有的傘都被你妳弄不見，我也沒傘用了。」

十字路口連按了三個喇叭。

「我又不是故意的⋯⋯」

「這是最後一把了，妳先拿去用。」不耐煩地遞過來。

一時間我就惱了，大吼一聲：「不・需・要。」我跳下車，用力把門甩上。

你在我身後，用一秒鐘一百公里的速度揚長而去。

不過是一把傘，何必這樣一把火。

你把我惹火了，要熄火可就不容易了。

愛 情 癌

我們的愛情罹患了癌症。

剛開始我們並不知道，雖然偶有輕微的疼痛，

但過去後，也就一切如常。

後來，癌細胞開始慢慢蔓延，

一點一點侵蝕腐壞，即使心焦如焚，卻只能束手無策。

一旦得了癌症，就沒有完全的康復，

只有暫時的緩和，或是假象的寧靜。

沒有萬靈仙丹可以拯救，沒有神仙妙藥得以仰賴。

終於有一天我們的愛情插上了呼吸維持器，奄奄一息。

我眼睜睜地望著，驚異自己竟掉不出一滴眼淚。

猶豫了半秒鐘，我斷然拔掉呼吸維持器。

加速它的死亡，略過難堪的槁木死灰，

或許是對我們的愛情，最崇高的救贖與敬意。

紙 條

要對你說的話，寫在紙條裡。

我想先等等你的態度，再決定什麼時候給你。

你後來就不同我說話了，紙條只有一直壓在皮夾裡。

我執意想著，再等等，再等等，也許就這一兩天了。

可是蜻蜓飛了、雪花飄了、海水枯了、阿爾卑斯山的積雪都

融化了，你依然沒有消息。

紙條摺痕處，油墨暈開成一片污漬，

終至看不清楚原先寫的字。

可惜了，曾經存在的文字已消失，

曾經對你的情意也已經模糊。

☒ 戀_的_簡_訊_📶🔋

我們永遠不再聯絡也好。這一輩子都不再相干也好。這樣也好,一切都好。只要你好,我什麼都好。

4
天亮以後

因 為 我 知 道 ，

　天 亮 以 後 ， 就 會 是 另 一 個 世 界 。

解 凍

我是一塊冷凍肉，

你某天隨手放在冰箱的冷藏櫃裡就忘記了的冷凍肉。

一天兩天，一月一年，冷凍肉低溫保存，並未變質。

有天你打開凌亂的冰箱，準備好好清理一番，

忽然就發現了我。

嘿，其實我一直滿自在的喔，在作為你冰箱冷凍肉的時候。

可是今天你把目光專注在我身上，

突然間決定要用熱情的大火快炒我，

我不免緊張了起來。

你不知道突如其來的火力只會迅速地焦黑了我的表皮，並無法融化凝凍的肉層嗎？

我還沒有解凍完全，並不適宜大火烹調。

請你學習正確的料理方式吧。

蕭　瑟

我看見一隻小貓輕輕巧巧走過高聳的圍牆。

原本清朗的天空開始凝聚灰白的雲絮。

牆角的小草瑟縮著身子，了無生氣。

風吹過濕漉漉的街頭，泛起一陣寒意。

天氣好冷，手好冰，身體凍僵了。

呵出的氣變成薄薄煙霧飄散在空氣裡。

我站在冷颼颼的風裡期待你下一秒鐘就會出現。

我總是說，再落下一片葉子，我就不等了。

如今九十九片都已經飄落。

我真的決定，等第一百片落葉飄下的時候，

我就要走了。

如果你來了，就讓一地的空寂告訴你，

我蕭瑟的心情。

天 使 飛 過

天使在夜間飛行的那一晚，我目送你離去。

皎潔透明的月光下，

你的影子拉得好長，歪歪斜斜，有點扭曲變形。

我想喊住你，問問你，那身後的影子可真是你的，

為何對你如此熟悉的我，卻對你的影子如此陌生。

站在高樓窗前，我終究沒有喊出聲。

原來我並不認識你啊，我感到哀傷。

天使在這個時候出現了，拍著晶瑩薄翅，

她從我窗前經過。

天使什麼也沒有說，

只是用憂鬱的眸子望著我，然後無言地飛去。

不曉得為什麼，在那一瞬間，我忽然明白，

你再也不會回來了。

期 待

兵荒馬亂的城市裡，

朋友問我：「對於生活，妳有什麼期待？」

塞車在動彈不得的公車上，我來思索一下。

車內溫度二十九點五，前方是長串不見終點的車龍。

身旁的乘客表情木然，

車窗外匆匆掠過一抹一抹重疊或交錯的灰影。

一隻蝴蝶誤闖高溫的車內，匍匐在玻璃窗上輕輕啜泣。

不遠處電視牆上的新聞畫面，

說的是有一隻海豚擱淺在岸邊，奄奄一息。

對於生活，我沒有什麼更大的期待了。

當我對這個世界無言的時候，

我所期盼的，不過是你，

在夜晚第一盞燈亮起的時候，

在蜿蜒長巷的盡頭，等我。

✉ 戀_的_簡_訊_ 📶 🔋

當初你的離去，
究竟是厭倦了和我的
相遇，
或者只是更渴望後來
的奇遇？

時 差

你我分住兩個半球，你的時間永遠比我快幾個小時。

是北緯和南緯的差距。

是白晝與黑夜的顛倒。

我把牆上的鐘調成你的時間，

依照你的時序安排我的生活。

學習在十度的時候吹冷氣，在三十六度的時候開暖爐。

把夏日的綿綿梅雨當成細細白雪，

將冬日的凜凜寒風想成煦煦春風。

我甚至加快我的行動，

走路快一點、吃飯快一點，

盡力追趕你比我快的那幾個小時。

可是我漸漸錯亂了季節、混淆了時間、打亂了秩序，

到最後我不屬於我的世界，也無法在你的世界立足。

才發現我們要突破的差別，何止時間而已。

今 夜

這一夜，我要好好入睡。

一向熱情好客的我，今夜或許會有些不同，

星星或月亮或是誰來了，恕我難以殷勤招待。

關上大門，拉下幕簾，

從天黑開始，我需要獨處。

泡一個熱水澡、點燃香精油燈，低婉的樂聲滿室悠揚。

這一夜格外漫長，很需要好好品嘗。

我用無限愛憐的神情回顧舉目所及的一切：

共同的記憶、美麗的時光、青春消逝的華年，

我和它們依依不捨互道晚安。

撫平枕頭，覆上棉被，

我需要充分的體力，

和深沈睡眠之後陡然清新的思緒來面對明天。

因為我知道，天亮以後，就會是另一個世界。

逃

告訴我，我曾經那樣傷害你嗎？

一旦想到我那樣傷害過你，我便無法自拔地想逃。

逃，逃到海上，成了四處漂泊的水手。

從森林到麥田，從原野到山谷，

從這片陸地到那片陸地，從這個海岸到那個海岸。

我是水手，

水手屬於海洋，海洋沒有歸屬的岸邊，

水手的我只有無止境地漂流。

海上風強難測，黑夜來臨星光寂寂大地悄然，

終有一天海上將捲起巨浪將我吞噬，

然而我張開雙臂無怨無悔歡欣迎接。

冰涼海水撫平我躁動心跳，墜入深深海底沈靜之際，

我當和平喜悅，對你的自責貼著我的心沈澱，

水手找到停歇處，再不需要逃了。

謊言

我知道你撒了謊，可是我沒有揭穿。

你知道我知道你撒了謊，可是你裝作不知道，

繼續欺瞞。

你溫柔地對我陳述一個個看似合理且正當的理由，

我優雅地回應你每一句浮華的語言。

這就是我們的生活，生活在謊言裡面。

然而這不是最讓人悲哀的事，

真正令人傷心的，是我們明明活在謊言裡面，

卻還要信以為真地去生活。

這樣才能夠平靜地心跳、舒緩地呼吸；

地球才能夠如常地運轉，日昇月落沒有拖延。

這樣才能夠在每天清晨醒來的時候，

說服自己，看吶，又是美好的一天。

✉ 戀_的_簡_訊_📶🔋

我多麼想讓你知道，我是什麼模樣。只可惜即使有一天你終於願意轉過身、回過頭，卻依然無法看清全部的我……

一 點 點

說好了要一起共進晚餐，

可是才過下午三點，我已經饑腸轆轆，

忍不住就偷吃了一點點東西。

見面時我看起來意態闌珊，你問：「怎麼啦？不舒服嗎？」

我心虛回答：「沒有不舒服，是先吃了一些東西。」

「吃了什麼？」「就……一點點餅乾和蛋糕。」

「吃了一點點？」「不是，是……吃到剩下一點點。」

「還有？」「嗯……肉羹麵。」

「吃了一點點？」「不是，是……吃到剩下一點點。」「喔，難怪妳

不餓，那我一個人去吃晚餐好了。」

別這樣，請讓我陪你去吃晚餐，

雖然我把什麼東西都吃到剩下一點點，

不過我還是保留了一點點肚子、兩點點力氣，

要陪你營造三點點的浪漫晚餐。

聽

我的耳朵很痛，每天在嘈雜的世界裡不得安寧。

私語聲。喇叭聲。喧鬧聲。嘻笑聲。機械聲。

轟隆轟隆、劈哩啪啦、嘩啦嘩啦、伊呀伊呀、唏哩呼嚕、
窸窸窣窣。

一陣一陣、一波一波向我轟然襲來。

我的耳朵開始耳鳴，漸漸無法分辨聲音的不同。

我聽得好辛苦，在乒乒乓乓的世界裡跟蹌而行。

一直到有一天，你開口向我說話。

你微微啓唇、輕吐單音，

只一秒，瘋狂的世界刹那間平靜。

不再咆哮，不再紛擾，萬事美好。

世界從此只剩下你的聲音，佔領我全部聽覺。

懶

躺在柔軟蓬鬆的棉被裡，

我用腳趾頭去摁壓選台器。

肚子有點餓，但是廚房有點遠，

決定不要吃消夜。

手機擺在床頭，電話擺在手邊，

這樣鈴聲響了就不需要起身去接聽。

如此過了一夜，賴在日上三竿的陽光下，

遲遲不肯起床甦醒。

我懶。

很懶。

就要這麼懶。

懶得就算中了樂透，我都不願出門去兌換。

懶得即使今天是世界末日，我也不想趕著去完成任何事。

我懶，我堅持這麼懶。

懶得去銷毀那封擺在桌上一個禮拜又三天被你退回的情書。

我懶，我不翻我不拆我不看，我就要，這麼懶。

離人節

我們來過離人節吧！
在餐廳四周裝飾一串串繽紛綵帶。
放兩個玻璃杯，倒八分滿的紅酒。
黑夜來臨之時，點三根蠟燭，看蠟油慢慢蔓延。
你來赴宴，空氣一般坐在對面，與我對望。
來吧！我們來舉杯吧！
把過去一飲而盡，從此以後你在我的世界、
我在你的世界如罄空的酒杯，乾乾淨淨。
就在今天，慶賀我們終於分離。
於是悲傷、嫉妒遠離。
於是淚水、失眠遠離。
歡天鑼鼓陣陣從四方傳來，
我踮起腳尖，快樂地跳起舞來。
天很黑的夜過後，開始有光，透進來。

戀_的_簡_訊_

你説現在就要遠行，
我假裝你去環遊世
界，地球是圓的，繞
了一圈，你的終點還
是我身邊。

睡 吧

你安靜地在沙發上睡著了。

微微側身，胸膛隨著呼吸輕緩起伏，

偶爾發出細小的鼾聲，睡得十分深沈。

我望著你，一定很累吧，一夜的爭吵，

真的很磨人呢！

然而你熟睡的臉龐安詳柔和，

像個孩子似的，那些驚天動地的傷痛，

彷彿都在你均勻的呼吸裡平息了。

親愛的，狂風暴雨都將過去了。

為著你這張動人的、安眠的臉龐，我承諾你，

一切都將過去了。

希望此後你的夢裡擁有星光與草原、迷人的風、

美麗的彩虹，所有美好的事物。

我為你披上薄毯，將立燈轉熄。

離開這間屋子，我不再回來了。

時 候 到 了

看著你欲言又止的神情，欲走還留的步伐，

我怎麼會那麼清楚，清楚我們的時候到了。

時候到了，無論我願不願意，

夏日亮麗的陽光終將默默褪去，

乍起的秋風會悄悄吹過我窗前。

時候到了，無論我願不願意，百花也都謝了，

浮雲也將散了，你在我身邊也會漸漸倦了。

我無力挽回一場夏日的流星雨，

也不可能阻擋秋風的吹送。

我只有接受滿地枯萎的落花，

仰望滿天流轉的雲海。

「這和我愛不愛妳沒有關係。」

你肯定地說。

我懂，這和你愛不愛我沒有關係，

只是時候到了。

我們的時候，到了。

失去

我從來不曾失去你。
你在我的髮裡心裡，在清晨薄霧的迷濛環繞裡，
在光透過窗扉優雅散灑的銀粉裡，
你，深深存在。
即使有這麼一天到來，你將遠離我，
用長長的背影和我告別，
但是我從來不曾失去你。
當晨光喚我甦醒，薄霧親吻臉頰；
當流雲漫天翻飛，光影旖旎旋舞。
你終會以初初那年，初識時的微笑，
在我心頭輕漾。
沒有失去，你出現的瞬間，
就已經注定靜美地佔據一方，
置時間空間於度外。
對於你，從來沒有失去。
從來不曾，從來不會。

✉ 戀_的_簡_訊_ 📶 🔋

這一秒,我要牢記這
一秒。這一秒你願意
這樣為我,這一秒妳
樂意這樣對我。也許
只有這一秒了,也許
沒有下一秒了。

離家出走

我要拎著啤酒離家出走。
荒謬的世界,我已經決定狠狠拋下。
大約在最後一顆星星也入睡的時候,
我會鎖上大門,啓程離去。
就這樣簡簡單單地出走,啤酒就是我的行李,
行李只有啤酒。
我可能在今年冬天第一朵雪花飄落的地方歇息,
也或許停留在零下二十九度C飛機雲劃過的天空下,
當然當然,也或許,
我只是漂流在啤酒海裡悠悠蕩蕩。
無論如何,這是我遠走高飛的計畫,
馬上我就要無牽無掛。
當你出發來我家的途中,
我終於已經離家,出走到你不知道的遠方。

這樣也好

狂風再暴烈一點也好，吹亂了枝頭、打散了落花也好。

陽光再炙熱一點也好，曬乾了海洋、蒸發了山泉也好。

空氣再冰冷一點也好，凍僵了草原、冰封了森林也好。

星光不再燦爛也好，月亮從此消失了也好。

白晝如同黑夜一般幽暗也好。

這樣也好，一切都好。

心中的鬱悶無處消散也好。

你覺得我說的話索然無味也好。

我們永遠不再聯絡也好。

這一輩子都不再相干也好。

這樣也好，一切都好。

只要你好，我什麼都好。

...5
心底的聲音

我 清 楚 聽 見 了 ， 聽 見 了 它 說 ，

對 了 ， 就 是 你 了 ， 這 一 次 ， 一 定 不 會 再 錯 了 。

墜落

已近黃昏的城市街頭，
霓虹燈在我眼前一盞一盞亮起，
人群在我身邊來來往往流竄。
你牽著她的手在我面前出現，
落落大方地將她介紹給我認識。
我一邊點頭一邊微笑，一邊寒暄一邊虛應。
我，像是一個行走在鋼索上的人，
強挺著顫抖的身子，臉上還掛滿得體的笑容。
我微微昂起我的臉，故作姿態的表情是在訴說：
你看！我走得多好，一點都不害怕、一點都不恐懼。
但我清楚我即將墜落。
墜落到萬丈深淵、萬劫不復之地，
就在你轉身以後。

和 好 如 初

爭執總是不斷湧起，像是驚濤駭浪，

一波未平，一波又起。

你再度站在我的門前，輕輕摁壓門鈴。

我知道那是求和的聲響。

你說：「我也有錯，妳也不對，不如扯平了，我們和好如初。」

和好，很容易；如初，很難。

你看過海風日夜吹拂的岩岸嗎？

一波又一波的巨浪，拍打在漸漸腐蝕的礁石，

時間久了，

誰也記不得那裡原來是一片如何光滑圓潤的風景。

波濤洶湧的言語駭浪，潮濕黏膩的冷戰濕氣，

一點一滴腐蝕了愛情礁岩。

到如今，我已經無法辨認它原初的美好。

幫 忙

請你過來幫我一個忙。

這屋子凌亂不堪，我完全無力收拾。

你看到地上那一攤碎片沒有？

透著光芒的心形琉璃摔在地上粉身碎骨，

看來是沒救了吧？

播放情歌的唱盤，似乎很久沒有樂音，

請幫我檢查看看喇叭還是好的嗎？

原本豢養愛情鳥的籠子，

如今滿佈塵埃，可以幫我收在閣樓上嗎？

還有，那一把乾枯得形同殭屍的玫瑰也麻煩你了，

請一併幫我處理掉吧。

我太累了，讓我好好睡一覺吧！

深深沈沈地睡一覺吧！

在你離開前，最後一個忙，

請把門帶上。

短時間內，我不想甦醒，

也不打算出門。

一切麻煩你了，謝謝！

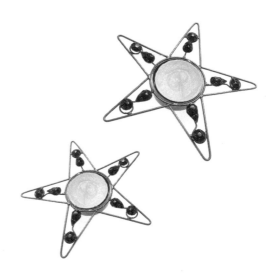

奇遇

我其實聽不見你的聲音，
只是保持微笑面對你。
我想你可能講了一些難得的經歷，
大概是在雪山上遇見一隻熊、
住在小木屋有狐狸來敲門，
或是在海上聽聞美人魚在唱歌之類的奇遇。
「那可真是有趣！」我說。
不過，我似乎不是真的要說這樣的一句話。
我壅塞在擁擠的心事裡，根本尚未到達這裡。
坐在你面前的我，只是一個假象。
塞在心事裡的那個我，至今還沒釐清楚，
當初你的離去，究竟是厭倦了和我的相遇，
或者只是更渴望後來的奇遇？

✉ 戀_的_簡_訊_ 📶 🔋

愛你最辛苦的地方，
就是要努力不那麼愛
你。我要使盡全力，
才能維持在愛你的原
地。

糟 糕

真是糟糕，近來生活起了一些波瀾，一切很不樂觀。

走路無法集中精神，摔了幾次樓梯，卻絲毫沒有疼痛的感覺。

任何人交代的事情過一秒就忘記，

聽力出了問題，呼喚三聲才有反應。

一天失神的時間扣除睡眠八小時，

足足長達十五小時又五十九分鐘。

莫名羞怯，路上隨便一陣乍起的春風都能夠讓我緋紅了雙頰。

更慘的是，連續三十九個晚上不斷重複相同的夢境，

夢裡你用露出六顆白牙的一號笑容對我微笑，

讓我完全無力招架，真是糟糕！糟糕！

終 點

我們兩個人一起從起跑點出發，輕而易舉地我就遙遙領先。有時，前方襲起濃霧，我心裡些微害怕猶豫，不確定自己堅持的路是對的。有時，我忍不住回頭望向你，但你落後在遙遠的地方，看不見蹤影。有時，我會停下來，枯坐樹蔭下，想著說不定下一秒鐘你就會趕上。大部分的時候，只有我，一個人，孤孤單單。而今，親愛的，你趕不上我了。我已經抵達愛你的終點站。至於你，就繼續在路上游移摸索吧，我要先走一步了。

免 掙 扎

喂！我說你呀，就不要再做無謂的掙扎了吧！

一天兩通電話，有那麼多事情好聯絡嗎？

三天一次巷口相遇，有那麼多巧合嗎？

明明下著大雨還說天氣不錯，你不是怪怪的嗎？

見到我你總是支支吾吾、哼哼哈哈，

到底在說些什麼啊？

這樣扭扭捏捏、糾糾結結，你不累嗎？

我脾氣不好，也沒什麼耐性，

有什麼話你給我攤開來說清楚。

這樣吧！

今天晚上七點鐘，約在咕咕鐘的大門下。

別再畏畏縮縮了，

你要是男子漢，就準時來赴約，咱們不見不散。

遲 到

相對默默，熟悉的世界裡，只有你顯得越來越陌生。

然而你用懇切的眼神說：

「不要放棄，明天，老地方，我等妳。」

三百六十五天過去了，我沒有赴約。

這一年，星星的數量大量在減少，

花開的時間越來越短，溫室效應持續嚴重，

夏天的夜裡蟬也忘了鳴叫。

不知道你相不相信，

我甚至嗅出空氣裡的成分也在改變。

這個世界越來越陌生，原來只有你是我所熟悉。

我準備起身，去赴我們的約了，

想要問問你：

對不起，遲到了一年，

現在開始，還來得及嗎？

✉ 戀_的_簡_訊_ 📶 ▬

如果兩個人注定要分
離，即使從天之涯千
里迢迢跋涉到地之
角。走遍千山萬水之
後，終究要分離。

無 法

知道她的存在後，我就無法自在了。

難得陽光露臉，笑得燦爛動人，

你約我在街口相會，如同往常一般相聚。

我大概是想要笑吧，可是嘴角無法自然牽動。

我大概是想和你並肩走著吧，可是肩頭無法輕輕靠攏。

我的面容蒼白無法透出光澤，

我的心神不寧無法故作鎮定。

「最近的妳看起來好憂鬱。」你說。

你把我的快樂都送給她了，我還剩下什麼呢？

「我比較喜歡妳開懷大笑的樣子。」你說。

你讓我活在充滿二氧化碳的瓶子裡，

怎麼能夠奢望我呼吸到氧氣呢？

不要太苛求我了，我無力完成無法做到的事，

你怎麼不願意想辦法理解呢？

心底的聲音

我聽見了，心底的聲音。

那聲音十分渺小，

像是轟隆隆的火車飛馳時，

路旁小草揚起的輕嘆。

像是大雨滂沱時，

屋簷上一滴水珠緩緩滴落池塘的聲響。

像是狂風肆虐時，一片孤葉幽幽著地，

大地報以微微的呼應。

雖然那聲音這般這般細小，

即使那聲音如此如此微弱。

可是我聽見了。

細小卻鏗鏘有力，微弱卻肯定無誤。

我清楚聽見了，聽見了它說，

對了，就是你了，這一次，一定不會再錯了。

過 時

過去不等於現在。

過去進行式不等於現在進行式。

你希望再度書寫我，用持續不斷的進行式，

我卻難以想像未來式裡的你。

關於我們的過去完成式，早在上一個句點結束。

沒有那麼多假設語法，

被動式裡的我決意轉成主動。

放棄你的命令句，也別用**祈**使句哀求我，

你還有疑問嗎？

我得用肯定句斬釘截鐵回答你：

我已是舊愛，並且拒絕成為新歡。

魔 法

把大大小小的水桶置於屋外，

蒐集今年春天第一場霏霏春雨。

將一捆叫做紫精靈的玫瑰花吊在窗口，隨風風乾。

翻開魔法寶典第兩百六十九頁，

牢牢背誦愛的咒語那一段。

子夜十二點，我奮力爬上天台，在月光下起舞，

默唸你的名字九萬九千九百九十九遍。

用春雨沏一壺玫瑰花茶，

每喝一口都要以虔誠的心唸一段咒語。

走入地下室，

掏出好不容易取得的你的頭髮和我的指甲，

將它們並置在培養皿裡，滋生愛苗。

此時朗朗天際劃過霹靂閃電，好一個吉祥的預兆。

我的嘴角微微上揚，慧黠的眼綻露靈光。

明天，就是明天。

你一定會朝我走來，帶著歡顏。

戀_的_簡_訊_

我的快樂來自於回憶我
們以前曾有的快樂；
我的不快樂來自於發現
你離開我之後竟然比較
快樂。

緣 分

朋友對我說，緣分這種東西好奇妙。

如果兩個人注定要在一起，

哪怕中間阻隔喜馬拉雅的連綿山巒。

哪怕撒哈拉沙漠的巨大風暴迫在眼前。

哪怕維蘇威火山的岩漿熾熱沸騰。

哪怕一個在天之涯、一個在地之角。

走遍千山萬水之後，終究會相聚。

我卻憂傷地想著，緣分這種東西好奇妙。

如果兩個人注定要分離，

即使攀登了連綿山巒、即使穿越了沙漠風暴、

即使衝破了火山威脅、

即使從天之涯千里迢迢跋涉到了地之角。

走遍千山萬水之後，終究要分離。

不 能

不能因為一棵樹而放棄一片森林。

不能因為陽光的刺眼而忽略日照的溫暖。

不能因為月缺的遺憾而否定月圓的完滿。

不能因為天空難免的烏雲而割捨彩霞的絢爛。

不能因為暴風雪的可怕而無視雪花靜靜繽紛的美麗。

不能的事情太多太多，

尤其是，不能因為你喜歡我，我就得愛你。

告 別

於是，到了告別的時刻。

那些綺麗的、絢爛的，哀傷與悲鳴的，

這一刻都將沈寂。

噓，緊抿你的唇，不要開口和我道別。

我即將轉身，不再回眸；

你也將舉步，不再回首。

以此為起點，往不同的方向，我們開始漂流。

我將眼角的淚拭去，不是為了要深深遺忘，

而是為了，從今以後我將深深記得。

至於你，也許你會記起，也許你會遺忘，那不一定。

如果，如果真有一天你朦朧的記憶裡突然閃爍靈光，

照亮我們曾經共享的輝煌的夜。

請不要吝惜一刹那的想念，給原初曾經摯美的我們。

我當感激，泫然欲泣，我們在悠遠的記憶長河裡，

再度相遇。

而此刻，再見了，親愛的，再見！

天使送來的，世界上唯一僅有的一朵花

天使在夜間飛行的那一晚，經過我的窗前。

我至今記得那個深夜，帶著一點暑日的酷熱，還有悶在胸口的昧暗鬱氣。忽然間，一股透明滑軟的空氣透心襲來，我睜開眼，清楚感受到遠方吹來的風涼爽柔軟，天邊高掛的月色清澄純明。

就在這個時候，天使振著輕盈的羽翼出現在我面前。
她將一朵含苞待放的花，小心翼翼遞送到我手裡，身上瀰散的瑩瑩光點似乎也飄灑在我的週身。
她告訴我，這是——世界上唯一僅有的一朵花。

我顫巍巍地雙手捧著它，驚異不已。
這竟然是世界上唯一僅有的一朵花嗎？
天使對我眨了眨眼，翩然離去。

我將這朵花擺放在花園裡，因為它是這樣一朵珍稀罕見的花，所以它的來臨，讓整座花園都顯得生氣蓬勃。

我日日夜夜懸念期待，勾勒著有朝一日花開的面貌。

不久之後某天清晨，推開窗，我看見這世界上唯一僅有的一朵花在晨曦清澈的陽光下嬌縱盛開。

柔嫩優雅，細緻清麗。實在太美了，幾乎沒有言語能夠形容，目眩神迷的瞬間，我感動的身子微微顫抖，盈淚的眼眶也忍不住泛紅。

承受不起這樣的美麗，我激動卻又默默地將窗掩上。

隔日,再度推開窗,赫然發現,那唯一僅有的一朵花已經枯萎凋謝,
所有的美好消失殆盡。

我屏息怔忡,原來昨日的剎那,竟是它此生最美的一刻嗎?
原來我所能擁有的它的美麗,僅僅只是昨日的剎那而已嗎?

我曾經擁有世界上唯一僅有的一朵花。
我曾經親眼目睹了它盛開時絕美的風華。

原來花綻放到極美的姿色,即是它垂死的姿態。
原來花綻放到最美的時刻,即是它最後的時分。

原來對花開的讚嘆,即是對花落的哀嘆。
原來對花開的慶典,即是對花落的祭典。

愛情啊，這世界上唯一僅有的一朵花，從花開走到花謝，從繁華走到凋零，不過就是一瞬間的事情。

愛情啊，這世界上唯一僅有的一朵花，因為曾經擁有過，從今以後夢裡飄來的莫名芬芳，都會讓人有股想哭的衝動。

於是，花落的那一天，我站在愛情的末路上，回頭望向那個深夜在窗前單純的我的身影，忍不住靜靜地流下了眼淚。

我曾經得到了世界上唯一僅有的一朵花。

天使啊！我還是深深感謝著妳，曾經送給我，這世界上唯一僅有的一朵花。

美麗田079
不是你離開我　是愛情離開了我們
劉中薇◎著
初版：2004年〈民93〉九月三十日

發行人：吳怡芬
行政院新聞局版台業字第397號
法律顧問：甘龍強律師
出版者：大田出版有限公司
台北市106羅斯福路二段79號4樓409室
E-mail：titan3@ms22.hinet.net
http://www.titan3.com.tw
編輯部專線：02-23696315　傳真：02-23691275

總 編 輯：莊培園
主　　編：蔡鳳儀
企劃統籌：胡弘一
美術設計：Leo design
校　　對：陳佩伶／余素維／耿立予／劉中薇

製作印刷：知文企業公司〈04-23595819轉120〉
總經銷：知己圖書股份有限公司
台中總公司：台中市407工業30路1號
電話：04-23595819 傳真：04-23595493
台北公司：台北市106羅斯福路二段79號4樓409室
電話：02-23672044／23672047 傳真：02-23635741

定價：新台幣200元
劃撥帳號：15060393
戶名：知己圖書股份有限公司

國家圖書館出版預行編目資料

isbn 957-455-727-8〈平裝〉
cip 855/93013748

閱讀是享樂的原貌，閱讀是隨時隨地可以展開的精神冒險。

因為你發現了這本書，所以你閱讀了。我們相信你，肯定有許多想法、感受！

讀 者 回 函

你可能是各種年齡、各種職業、各種學校、各種收入的代表，

這些社會身分雖然不重要，但是，我們希望在下一本書中也能找到你。

名字／＿＿＿＿＿＿　性別／□女 □男　　出生／＿＿ 年 ＿＿月 ＿＿日

教育程度／＿＿＿＿＿＿＿＿＿＿＿＿

職業：□ 學生　　　　□ 教師　　　　□ 內勤職員　　□ 家庭主婦
　　　□ SOHO族　　□ 企業主管　　□ 服務業　　　□ 製造業
　　　□ 醫藥護理　　□ 軍警　　　　□ 資訊業　　　□ 銷售業務
　　　□ 其他 ＿＿＿＿＿＿＿＿

E-mail/＿＿＿＿＿＿＿＿＿＿＿＿＿＿＿ 電話/ ＿＿＿＿＿＿＿＿

聯絡地址：＿＿＿＿＿＿＿＿＿＿＿＿＿＿＿＿＿＿＿＿＿＿＿＿＿＿

你如何發現這本書的？　　　　　　書名：不是你離開我　是愛情離開了我們

□書店閒逛時 ＿＿＿＿＿ 書店 □不小心翻到報紙廣告（哪一份報？）＿＿＿＿＿

□朋友的男朋友（女朋友）灑狗血推薦 □聽到DJ在介紹 ＿＿＿＿＿＿＿＿＿＿

□其他各種可能性，是編輯沒想到的 ＿＿＿＿＿＿＿＿＿＿＿＿＿＿＿

你或許常常愛上新的咖啡廣告、新的偶像明星、新的衣服、新的香水……

但是，你怎麼愛上一本新書的？

□我覺得還滿便宜的啦！ □我被內容感動 □我對本書作者的作品有蒐集癖

□我最喜歡有贈品的書 □老實講「貴出版社」的整體包裝還滿 High 的 □以上皆

非 □可能還有其他說法，請告訴我們你的說法

＿＿＿＿＿＿＿＿＿＿＿＿＿＿＿＿＿＿＿＿＿＿＿＿＿＿＿＿＿

你一定有不同凡響的閱讀嗜好，請告訴我們：

□ 哲學　　　□ 心理學　　□ 宗教　　　□ 自然生態 □ 流行趨勢 □ 醫療保健
□ 財經企管 □ 史地　　　□ 傳記　　　□ 文學　　　□ 散文　　　□ 原住民
□ 小說　　　□ 親子叢書 □ 休閒旅遊□ 其他 ＿＿＿＿＿＿＿＿＿＿＿＿

一切的對談，都希望能夠彼此了解，否則溝通便無意義。

當然，如果你不把意見寄回來，我們也沒「轍」！

但是，都已經這樣掏心掏肺了，你還在猶豫什麼呢？

請說出對本書的其他意見：

大田出版有限公司編輯部 感謝您！

廣　告　回　郵
北區郵政管理局登
記證北台字11049號
免　貼　郵　票

大田出版有限公司　編輯部收

地址：台北市106羅斯福路二段79號4樓之9

電話：（02）23696315-6　傳真：（02）23691275

E-mail：titan3@ms22.hinet.net

地址：

姓名：

TITAN
大田出版

智　慧　與　美　麗　的　許　諾　之　地